AF607369

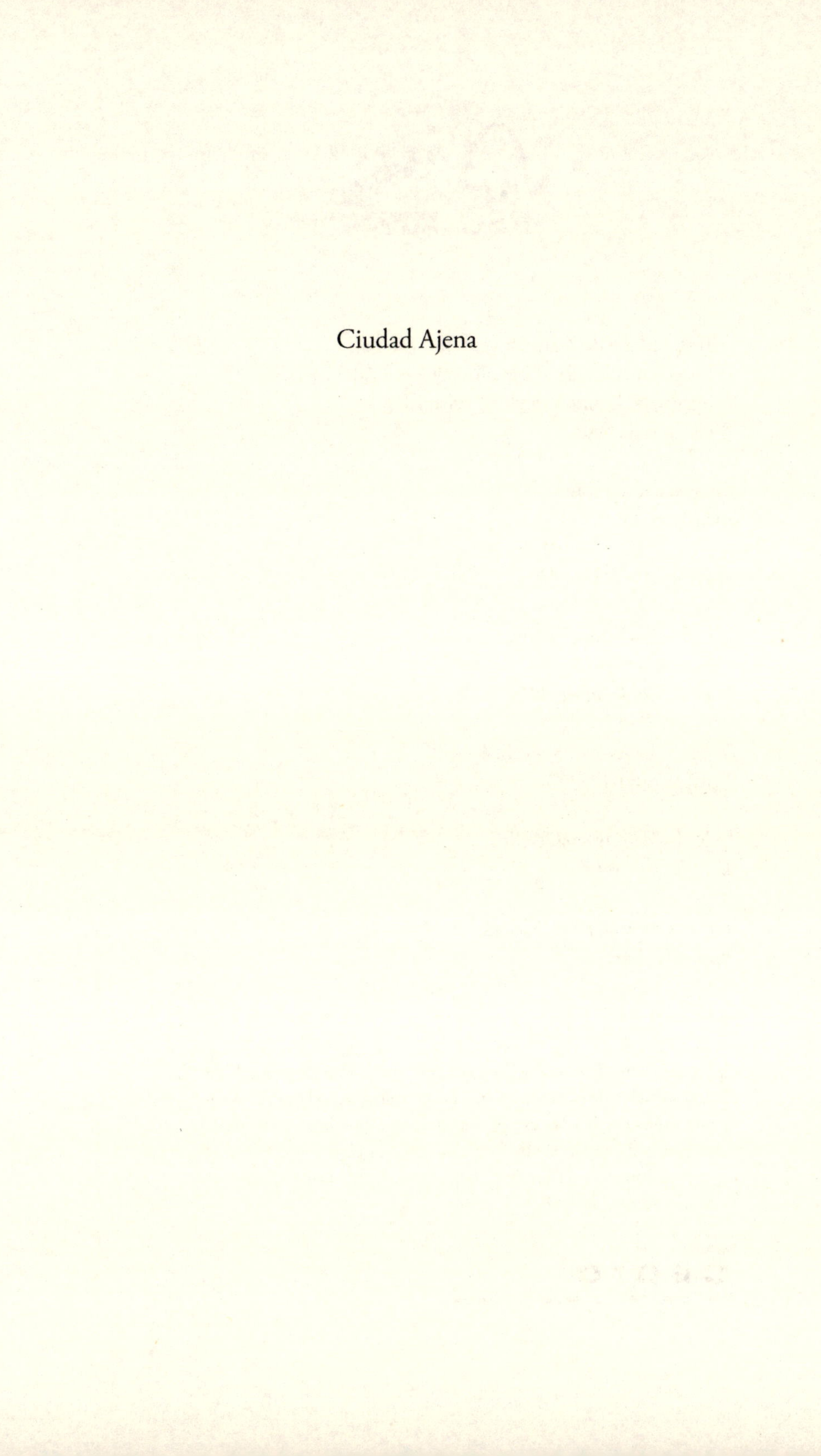

Ciudad Ajena

lasturaediciones.com
info@lastura.es

Colección Alquisa, nº. 58

Editado en Madrid, España

Primera edición: abril, 2024

Depósito Legal: M-8308-2024
ISBN: 978-84-128333-5-5

Impreso en Antequera, Málaga
Printed in Spain

María del Carmen Herrera

CIUDAD AJENA

Colección Alquisa de narrativa n.º 58

Si Apolo te escupe en la boca, me dijo solemnemente,
eso quiere decir: tendrás el don de predecir el futuro.
Sin embargo, nadie te creerá.

Casandra, Christa Wolf

Prólogo

Los relatos de este libro son una hipérbole del presente que solo puede navegar en la ficción para ironizar un mundo en el que todos habían dejado de volar y donde la vida se tornó rasante.

Un mundo donde las pequeñas y grandes cosas llevan a una intensidad individualmente trágica por la falta de sentido colectivo. Un mundo saturado de información en el que ignoramos lo que las cosas están haciendo de nosotros y en el que dejamos hacer para sentirnos ovejas del mismo rebaño.

Por ello, el mejor camino para acercarnos a la realidad es la ficción. Y en esta búsqueda acorralar esos espacios de multitud, soledad, exceso, estupidez y apoteosis de la nada con humor y poesía tal como lo exige el desnudo ejercicio de la creación literaria.

La autora

Salamanca, marzo de 2024

LA VÍSPERA DE TODO

Un día hubo una planta que consumía oxígeno y lo transmutaba en gases, gases tóxicos, gases tóxicos que tornarían rígidas las capas del aire.

En su deriva, las plantas crecían selváticas, a rastras con humedad y sin humedad, cualquier insecticida para los hierbajos las reproducía a escalas siderales.

El brote provino, al parecer, de la Amazonía, del origen mismo en promoción de verdes. La planta sobreactuaba en carnosidad de hojas y destellos expresados en flores blancas lúcidas como azaleas firmes y alegres. De este modo, partió el aire mientras sus moléculas se multiplicaban como panes y peces bíblicos.

Cierta mañana fue lo único que crecía porque lo había invadido todo. Aquellos árboles soberbios en las avenidas transitadas eran apenas esqueletos, cuyos músculos habían sido devorados por la trepante.

Nadie detectó la invasión hasta que la selva se tragó a un conductor del metro y al mismo gobernador de la región, quien al intentar subir a su vehículo se encontró con la desmesura. Porque la cualidad de la planta era que transformaba inmediatamente todo lo que tocaba en su herramienta. Así fue que el político al intentar entrar en su coche arrancó las ramas que obstruían la puerta, pero el vehículo ya invadido se tragó al propio gobierno. Con esto se desató el miedo en virtud del acecho.

Los de la Estación Espacial Internacional veían crecer y crecer el fenómeno y casi eran los únicos libres de la devastación de la peste. No quedó ningún ser vivo de los que consumían oxígeno. Dicen que los peces de un lago de lo que fuera Nueva York eran los únicos sobrevivientes o testigos ya que no consumían oxígeno.

Los edificios mudos con sus paredes verduzcas dejaron de mirar al silencio y todo fue paradójicamente verde y rumoroso como única forma de vida.

Los océanos también fueron ocupados, según los de la Estación Espacial Internacional, nada más que de un modo más lento. Algunos barcos encallaron en pleno mar de mares desbordados por esas plantas gomosas en las que se habían transformado las aguas.

Cierta tarde no hubo más oxígeno en punto alguno de la esfera, los relieves verdes mutaron ocres como en el principio, un óxido raído empezó a despedir humos y los océanos fueron de metal pesado al modo de sopa latosa que se movía en olas que estremecían a la misma nada.

Unos dicen que el asunto empezó en los Estados Unidos con unos japoneses que habían traído la planta de Venezuela engañando con la versión de que era un alga de sus islas y dándola como souvenir en un evento. Otros, que la causa fue un desacuerdo por lo del cambio climático. Nadie sabe cómo llegó a cubrir el Guadiana.

EL APAGÓN

A Juan le adelantaron su acaecimiento por razones de estricto ajuste a cronograma. Y él no quiso contradecir a su época.

La reciente moda de desplegar un extraordinario espectáculo en los funerales se había tornado un requisito para continuar siendo un habitante digno de Ciudad Ajena.

Su familia, fanática de las redes y de una tendencia a la actualidad un tanto perniciosa planeaba transmitir por *YouTube, Facebook, Twitch, Instagram* y todos los canales en línea los homenajes póstumos.

Era una tendencia. El momento histórico y la evolución económica lo reclamaban. Ensañados en esta misión se lamentaban permanentemente de la acumulación de lágrimas, discursos y hasta músicas sin destinatarios.

En realidad, hacía más de una década que no se moría nadie del clan familiar. La última desgracia sin arreglo fue la de la vecina de una de las primas, cuando el hijo más pequeño se ahogó en el río un domingo caluroso.

La oportunidad fue altamente aprovechada. Aunque en esa época la moda todavía no estaba totalmente instalada. Y hasta puede decirse que fue dolor verdadero, empatía del colectivo, tintineo de vecindario continuado de un silencio largo.

Fue por casualidad o por azaroso destino que a Juan le diagnosticaran la enfermedad terminal en el furor de la mercadotecnia, cuando ya no había ni paciencia ni se esperaba el Día de Muertos para las ofrendas.

La familia cayó sobre él como si hubiese sido un ganador del premio anual extraordinario de la lotería.

En realidad, era una noticia desgraciada, pero todos se empeñaron en mostrarle ventajas insospechadas del bien morir.

Tuvo que luchar enconadamente para culminar los tratamientos. Los parientes cada vez que iban a visitarlo, lo esculcaban con preguntas impropias. En el fondo les veía el deseo de que palmara lo más pronto posible.

Es cierto que la sanidad pública a esas alturas era irresoluta, no por falta de tecnología o desarrollo de las máquinas. No. Los profesionales se encargaban de confundir las cánulas, jeringas, catéteres, sondas, diagnósticos. Las cosas graves se traspapelaban de modo eficiente y la gente se moría de banalidades.

El negocio de la muerte se hizo inconmensurable. Había sustituido hasta al mercado inmobiliario. En el entorno proliferaron empresas innovadoras.

El presagio de los investigadores del mayor proyecto mediático para superar la muerte, además de un asunto del pasado era un tema de risa y hasta de carcajada. Morir era lo más chic que podía suceder.

En el momento que le tocó vivir o marcharse, Juan no tuvo tiempo de digerir su desgracia. Abruptamente fue paseado por centros comerciales para revisar el muestrario de exposiciones afines. Y cuando quería descansar, llegaba un pariente con un vídeo de algún funeral de famoso. La motivación era que tomara ideas inspiradoras para el suyo. Se sabía de memoria el de Michael Jackson y el de Aretha Franklin.

Él no se consideraba racista, pero provenía de un pueblo castellano y su flema era poco exótica para tanto despliegue. Además, su condición de paliducho no tenía mérito y se negaba a maquillarse para hacerse moreno. Había nacido así, no como el Rey de Pop que había seguido el camino inverso.

Fracasados los tratamientos y finalmente desahuciado, fue el centro de los afectos cercanos. Tuvo que elegir féretro, satén interior para la caja, flores, coristas, bronceado y hasta un traje que favorecía la entrada a los cielos. Entre tanto destiempo recordó que era ateo, pero ya era tarde. Los crucifijos y rosarios hacían juego con el traje que serviría de mortaja.

Tampoco eran tan generosos en los gastos, casi todo provenía de ofertas, que en sus varietés darían imagen de novedad y los reenvíos en redes sociales del clan harían del momento una apoteosis.

Su cáncer le dio una fecha de caducidad inminente pero incierta. La mejoría estaba descartada. Y él no terminaba de convencerse en dónde estaba la razón de la fiesta. Privado de toda intimidad y confesiones, tuvo que aceptar las opciones y ofertas para que no le achacaran haber contribuido a la quiebra de la armonía familiar y del mercado obituario.

Tuvo que morirse sin muerte. Contemplar el regocijo familiar de las lágrimas ante tanto brillo. Tuvo que soportar los agudos de la música *soul* que le parecían tan lejanos a su esencia de jotas y pasodobles, y hasta un rapero de lujo que casi lo mata de las ganas de estrangularlo. Tuvo que no estar estando.

No se enteró de las retransmisiones y visitas multitudinarias en las redes. Había ahogado su teléfono inteligente en el cubo de agua de unas flores a la altura del primer ensayo funerario.

En detrimento de la posverdad, cuando murió después de su funeral, lo hizo solo, entre dolores y mirada borrosa, vestido con un pijama viejo. Fue entre quejidos casi sin volumen y gracias a la morfina de moda que el sobrino yonqui de una vecina, veinte euros mediante, se había compadecido en inyectarle. Eso sí, con prolijo exceso.

LA SOLEDAD

Conocí a Erduvio por la tele. Contestaba preguntas en un concurso de conocimientos generales en la Cadena 44. Si bien formaba parte de un equipo, él destellaba entre los demás integrantes.

No estoy segura de que me atrajera su sabiduría en exclusivo. Estaba pasadito de peso, pero le iba muy bien a sus años. Nunca me gustaron las personas enjutas y menos incultas. Para lo primero bastaba conmigo y para lo segundo con mis compañeros de trabajo.

Me conmovió su barba entrecana, su prestancia de caballero andante, la elegancia, la voz grave y un poco entrecortada, un hablar cascado, no sé si se me entiende. Un día me lo imaginé entrando con una armadura metálica; no al estilo Robocop sino como el Cid Campeador, aunque suene desactualizada.

Empecé a escribirle cartas al programa de concursos. Al principio fueron mensajes, salutaciones breves por la corrección y aciertos de sus respuestas en el programa.

Fui tomando confianza. Alargué las misivas. Luego, sobrevinieron las confesiones.

Y aunque él nunca me contestaba, el programa de concursos me enviaba alguna tarjeta de promoción y descuento en productos publicitados por variados auspiciantes. Siempre agradecieron mis comunicaciones. Mientras acumulaba promociones, me imaginaba su respuesta.

En este ir de cartas y regreso de cupones de descuento fue creciendo nuestra relación. Y con ello, incrementándose mi nivel de confesiones. Al principio le conté de la muerte de mi madre y de cuánto me había ayudado el programa de preguntas y respuestas para poner la cabeza en otro asunto. La orfandad no me abandonaba y buscaba maneras de conectarme con alguien en quien pudiera confiar y que escuchara mis palabras.

Mis cartas no eran largas ni tediosas. Y si bien se hicieron más frecuentes, mantenían una precisión periscópica.

Hubo un momento en que padecí la inseguridad de no saber si era soltero o casado. ¡Qué mar de dudas! Es que a mí no me va eso de ser «la otra» y lo del poliamor me queda lejano por la manera en que fui educada.

Un día se aclararon mis dudas porque se confesó como el segundo soltero de una familia de ocho hermanos. Vivía en el pueblo donde había nacido. Sabía que teníamos cosas en común, ¡lo sabía! Como yo, había convivido con sus padres hasta que se murieron, mientras tanto hermano y hermana migraban hacia ciudades lejanas.

Una tarde lo visitó su hermana mayor al programa. Contó que ella le había enseñado a bailar. ¡Fue de las mejores tardes! La señora bajó al escenario y bailaron un pasodoble. ¡Cuánta elegancia!, ¡me quedé loquita! Esa noche bailé con la escoba hasta casi la madrugada. Me imaginaba que bailábamos juntos, que me abrazaba y me revoleaba a derecha e izquierda como a la capa de un torero. Eso fue como a las cuatro de la madrugada.

El subidón me duró casi una semana y fue aplastado por la muerte de Raimundo, mi caniche. Estaba tan viejito que ya no lo bajaba a dar caminatas por el parque porque sus patitas apenas lo sostenían. Viejito y ciego me ofrendaba algún ladrido alegre agradeciendo la comida. Era lo esperable. No obstante, me tiró otra vez al subsuelo del ánimo.

El médico de familia, en los cinco minutos destinados a mi atención como paciente, intentó ayudarme con los antidepresivos. No llegué a comprarlos. A mí, los medicamentos me dan más pena que la que ya tengo.

A raíz de este dolor, le envié la carta más larga. Los del concurso me enviaron un bono con alto descuento en segundas unidades, el juego de mesa del programa y una camiseta autografiada.

Me recuperé con esfuerzos y agradeciendo la cantidad de conocimientos que ingresaba a mi casa todas las tardes de lunes a viernes.

Erduvio y su equipo ganaron el concurso y se llevaron el pozo acumulado, luego de un par de años de librar la contienda semanal. Eran casi cuatro millones de euros. Salieron en informativos y periódicos. Cada uno de ellos contaba en alguna entrevista cuáles eran los planes para gastar el dinero del premio. El de Erduvio era dar la vuelta al mundo.

Me quedé clavada en el asiento. Lo que peor llevo es que esta final de juego se había emitido por un canal de pago. Había sucedido un par de semanas atrás y por razones publicitarias todavía no se emitió en televisión abierta. ¿Por dónde andaría Erduvio a estas alturas?

Esta mañana tiré al contenedor de la basura todos los regalos del programa.

Esta tarde, como en las de los últimos dos años, en el instante preciso en que se emita el episodio final, en el camino de Epicuro defenderé la ataraxia y voy a beberme el brebaje que he creado con recetas mágicas de Google y sus elixires drásticos. A la web profunda no sé entrar y es tarde para hacerme hacker.

Esperar el ecocidio, que ya está en marcha, es poco eficaz, pues ustedes entenderán que no estoy dispuesta a soportar tantos desaires.

LA NIÑA DE MIS SUEÑOS

Cuando Wendy regresó tímidamente se encontró a Peter sentado en el barrote de la cama graznando a pleno pulmón, mientras Jane volaba en camisón por el cuarto en solemne éxtasis.

James M. Barrie

Desde siempre he sido algo insomne, como muchos con tendencia a no dormir algunas noches. Sin embargo, hubo un momento en que dejé de dormir y me volví auténticamente insomne.

Dejé de dormir y eso tuvo consecuencias. La vida se me duplicó en seres. Sobre todo, veía personas que los demás no veían.

Debo decir, honestamente, que la mayoría de la gente va más acompañada de lo que cree. Algunos parecen ángeles, otros instigan al suicidio de manera desaforada.

No quiero decir con esto que todos vayamos duplicados con una especie de ángel de la guarda. No, no es así. Lo que pude advertir es que hay seres que todavía no han vivido como nosotros, o algo así de parecido. Ellos se acercan con la ilusión de formar parte de nuestras vidas en algún momento, ansiosos por hacerlo inminente.

De todos ellos, la que más me sorprendió fue la niña que vivía con Hans y Yeny.

Hans y Yeny eran un matrimonio que conocí en su etapa juvenil. Conectamos enseguida y nos hicimos grandes amigos. Nos gustaba el cine, la música de los setenta y los juegos de mesa. A veces, casi nos sentíamos una familia de amigos y así lo registramos en un grupo de comunicados por teléfono móvil.

Nuestra amistad se prolongó y desarrolló con el paso del tiempo. En los primeros años, nos contábamos con ilusión y detalle los proyectos. El suyo en común era la familia, tener hijos biológicos y adoptivos, casi tenían la cantidad precisa de niños y lo que sucedería con su crianza. Tenían todo clarísimo.

En mi caso, los planes eran pobres, ya había pasado dos matrimonios y lo único que tenía claro era mi sed de intrascendencia en este mundo. No me ocasionaba ningún problema el tema de la descendencia, era incapaz de criar un gato y hasta de regar una planta. Mi oscuridad ocupaba casi todos los ámbitos. Todo esto fue antes de mi vida de insomne auténtico.

Hans y Yeny eran felices. Tenían trabajo, planes, iban al cine, paseaban y se reían como todo el mundo. Y como a todo el mundo les tocó un tiempo de desventura, de estar desempleados, tener alergias, intolerancias y uno que otro resfriado.

El tiempo fue pasando y fuimos haciéndonos mayores. Yo un poco más que ellos. Los matrimonios y parejas de amigos tuvieron cada quien sus hijos, y los niños fueron creciendo.

A mí, se me fueron olvidando las confidencias y los proyectos de familia. Alguna vez asomaba alguna idea antigua cuando los veía embarcados en proyectos infantiles y un poco absurdos. Me decía que era el síndrome Peter Pan, y la verdad es que yo también lo adolecía.

Todo cambió cuando empecé mi vida de insomne. La primera vez que vi a la niña fue un poco desconcertante porque me sorprendió verla moverse en la casa y estuve a punto de preguntarle a Hans y Yeny quién era, pero la niña me advirtió mirándome fijo e indicándome con su dedito índice cruzado en los labios la señal de silencio.

Al rato, me di cuenta de que ellos no la veían pese a que muchas de sus actividades de juegos infantiles, dedicados para otros niños, la incluyeran.

Como no volví a dormir, seguí viéndola cada vez que iba a la casa a visitarlos. No creció nunca.

Según me contó en algún momento de esos de confidencias mutuas, una enfermedad púber contagiada entre los hermanos de Hans los había tornado estériles. Este era el impedimento para que no la gestaran pese a los enormes esfuerzos por conseguirlo. Así, nunca pudo nacer y se quedó esperando a formar parte de la familia.

Hans tenía tres hermanos que vivían muy lejos, en otro país y nunca se veían. Ninguno de ellos tuvo hijos por más que lo intentaron. Sus esposas los abandonaban a los pocos meses del matrimonio.

El padre de Hans murió sin nietos biológicos pero feliz de haber sido adoptado como abuelo por las hijas de su ex nuera, cuando cambió de marido. Murió feliz siendo abuelo, ¡el quinto abuelo de dos niñas pelirrojas!

Yeny era hija adoptiva y fue la niña más feliz de su barrio. Con una madre que no había cesado hasta que la encontró y pudo llevársela a casa. Tampoco se había detenido moviendo leyes de adopción y registro para que Yeny llevara el apellido de su marido muerto en un accidente mientras la buscaban. La había encontrado ya viuda y más desolada.

Yeny hablaba de su padre como si hubiese convivido con él y no se tratase de un relato materno. Así, vivía dentro de un relato, como todos nosotros, por la gran magia de las palabras.

Hans y Yeny fueron envejeciendo como todos nosotros. La niña, desde que empecé a verla, jamás me permitió que hiciera comentario alguno.

Hans se fue hace casi un año. Para matar su ansiedad, había empezado a comer a toda hora y en consecuencia engordó demasiado. Le dio un infarto insuperable en el hospital mientras esperaba una consulta.

Yeny lleva meses con pena larga. Ayer fui a visitarla. Hice té verde y lo tomamos con unas galletitas de arroz porque su alergia al gluten ya es insalvable. Tenía lágrimas muy profundas dentro de sus ojos.

Sentada en el sofá de la sala, Yeny miraba la nada. La niña sentada a su lado le acariciaba el pelo, con su dedito índice cruzando los labios me indicaba silencio. En un arrullo lento empezó a cantarle una nana, Yeny acompasaba con su cuerpo y cabeza movimientos siguiendo la música.

Regresé a casa y después de muchos años tuve ganas de echarme un sueño.

CIUDAD AJENA

Dicen que en Ciudad Ajena llueven hombres que luego la abandonan. Hombres que traen ojos, orejas, bocas y brazos con manos crueles.

Al principio, las tormentas eran esporádicas y se daban en pequeños chaparrones, lo que hacía manejable la situación porque podían ser incorporados tras una breve capacitación en las tareas idóneas para el funcionamiento productivo.

La dificultad era que llovían en edad adulta y requería variedad de mecanismos para incluirlos. Se crearon muchos artilugios de manera casi improvisada para frenar el avanzado desarrollo físico y la torpeza de sus brazos.

Para bien y para mal la estrategia iba funcionando y se incorporaban a la vida productiva, aunque su aptitud social era todavía limitada.

La situación pasó a ser un asunto de Estado cuando los chaparrones se tornaron verdaderas tormentas. Y empezó el problema real de su inclusión. Sin ser absorbibles completamente en la vida productiva, los hombres de la lluvia empezaron a estropear la vida social.

Incluso en las horas de reposo deambulaban por la ciudad buscando víctimas. En principio, durante la siesta y la noche, que es más larga y oscura. En esos dos momentos los gritos eran difíciles de escuchar de puertas para adentro y el desconocimiento los hacía soportables.

Cuando empezó el diluvio, no hubo otra opción y tuvieron que esconder a las jovencitas, luego a niñas y niños, por el mucho obrar de manos crueles.

Quebraron el aparato productivo pese a que numerosos sectores defendían su absoluta necesidad para el trabajo. Ellos ya habían pasado de los insultos y manoseos a las violaciones y despedazamientos. Y ni qué decir de su violencia con las máquinas. Las esculcaban hasta volver sangre el aceite de tanto y tanto tecleo. Algunos hasta culpaban a las máquinas ¡de romperse a sí mismas!

Ciudad Ajena fue convirtiéndose en un páramo que, como una mancha de tinta, calcinaba los alrededores. Iba expandiendo su desolación hacia los cuatro puntos cardinales.

Los hombres llovidos crearon de nuevo la esclavitud y pegaban con cadenas. Los cuerpos mutilados poblaban los desiertos aledaños en constante expansión. Y lo que había sido un lugar próspero jadeaba agónico. La incertidumbre, el dolor y la desconfianza que dejaba el miedo en el cuerpo inundaban la ciudad.

Los darwinistas escandalizados leían ponencias sobre «involución» en los congresos que estudiaban el caso, su efecto y contagio en ambos hemisferios. Les preocupaba, en la medida en que puede preocuparle algo a los académicos, anverso y reverso de su propia teoría.

Los freudianos hablaban de la «pulsión sin jinete». Los postlacanianos lo explicaban como un exceso de lubricación en la cinta de Moebius.

Las neurociencias lo veían como un logro de la fusión entre lo sagrado y lo cognitivo. Vale recordar que los hombres llovían desde el cielo y que superaban la estadística de otras épocas en su tecleo a las máquinas.

Los genetistas no tenían mucho argumento porque estos seres eran extraños llegados como lluvia y en sus estudios no había manera de contrastarlos con nada.

Los creacionistas y negacionistas campeaban a sus anchas. La llegada desde los cielos se interpretaba como mesiánica y tan arduamente esperada en las profecías, y su accionar una necesidad para resolver la superpoblación, la vigencia de los ritos y todo tipo de oficios. Al final, al cielo se regresaba como decían las escrituras sagradas y sus interpretaciones.

Es necesario aclarar que las ciencias sociales habían perdido la batalla. La última crisis las había ultimado con la proliferación del dinero y las máquinas. Los restos de paradigmas interpretativos eran pedacitos de cascarones viejos. Se había dejado de pensar hacía mucho tiempo.

Pese a que se explicaba y replicaba nadie resolvía el asunto en profundidad, aunque en las prácticas los minutos de silencio en honor a las víctimas crecieran después de cada masacre. Para entonces, la crueldad de los brazos era ya sistémica.

Y así fue incrementándose el fenómeno, tal como había sucedido antes con el dinero y la fe en las máquinas, que al final ya solo se utilizaban para filmar crímenes y reproducirlos en sistemas ópticos para deleites de voyeristas que disfrutaban en sus pantallas individuales y en grupo. Los privilegiados con poder adquisitivo alto podían presenciarlos en vivo en espectáculos privados.

En realidad, no se hablaba de crueldad sino de mercado, porque la economía era la única religión que había sobrevivido a tanto cambio de ciclo.

En esa aureola que rodeaba la urbe, y que era como una mancha de tinta que expandía el desierto, una tarde en que el sol no se ocultaba empezaron a llover mujeres, las que ingresaron con paso firme en Ciudad Ajena.

Y aunque el desierto sigue allí, las máquinas con sus sistemas ópticos convencen todavía a las mujeres llovidas en el páramo de la plena felicidad que les espera con los abrazos.

A DIESTRA Y SINIESTRA

Me volví zurdo por necesidad, me volví zurdo por absoluta necesidad, me volví zurdo por absoluta necesidad de supervivencia.

Mi brazo derecho me fue abandonando debido a la secuela de una fractura y cirugía en el codo durante la infancia. Mi brazo con destino diestro, aunque con limitaciones, me había acompañado en todo tipo de actividades con destreza y confianza.

Pese a todo, había aprendido a columpiarme en los árboles, a escribir, a jugar al tenis, a nadar. Incluso había conducido un coche siempre con cambios automáticos para ejecutar marchas y contramarchas.

Las actividades diestras son aceptables y aceptadas, dependiendo de la época en intensidad variable, y sin lugar a dudas son mayoritarias. Se hacen y punto. Casi nadie las discute ni polemiza porque en cierto modo al ser mayoritarias y totalitarias, todo el mundo las realiza sin reflexionar sobre los aciertos.

Si bien mi brazo funcionó casi toda la vida como un agente claro de destino diestro, un día empezó a abandonarme y tuve que comenzar a esas alturas a desarrollar estrategias de movimiento con destino de izquierda.

Resultó problemático. Solía persignarme muy bien y hacer la venia de manera altamente elegante. Cambiar estos gestos resulta traumático a algunas edades.

En función de la crisis provocada por mi nueva necesidad empecé a asistir a reuniones para zurdos. Y debo decir que son absolutamente diferentes en sus costumbres. En estas reuniones, la gente lo discute todo. Absolutamente todo, hasta los mismos movimientos en sí.

Después de la segunda reunión, no tenía seguridad si debía regresar a casa o no hacerlo. En mi vida diestra, esto estaba clarísimo y yo no dudaba nunca entre aplaudir o aplaudir o bien insultar o insultar.

Poco a poco fui acostumbrándome a deslizamientos con destino de izquierdas, pero seguían resultándome altamente difíciles. A veces, practicaba la escritura y me confundía porque sentía que escribía en un espejo y no en un papel. Al principio, me asombraba de que pudiera deslizarme en el plano en letra cursiva con la que me había alfabetizado, con la que había iniciado mi vida en los grafos. Logré con mucho tiempo e infinita paciencia escribir algo parecido a mi letra de diestro.

Muchos me habían aconsejado que utilizara el teléfono móvil y la computadora porque el tecleo era más fácil y no daba lugar a tanta confusión, con el uso de los dedos pulgares se resolvían más de treinta y dos caracteres.

No obstante, me había tomado en serio esto de hacerme zurdo, lo consideraba una obligación y la escritura manual a la vieja usanza del segundo milenio me sigue pareciendo un rito necesario. Por eso de lo importante que es para desarrollar los hemisferios cerebrales.

Cuando quebré económicamente, estar en uso de la izquierda fue tener ya varios pasos adelantados. Los desahucios y efectos de la crisis económica que se repetían en ciclos cada vez más breves me encontraron preparado. Conocía gente que ya vivía en las calles y gente que, aunque mantenía sus viviendas en propiedad o como inquilinos, no soportaba estar bajo techo y salía a las calles por lo de la asfixia.

Las manifestaciones prosperaron y se ampliaron al resto del país. Algunas tardes se sumaron los alumnos de Artes en prácticas que buscaban participar de festivales de calle. Esto fue extraordinario por el colorido y fervor de fiesta que le ponían a las marchas. Nuestros reclamos ya no eran procesiones aburridas y desencantadas que daban mayor sensación de agobio a los que ya veníamos agobiados. Y de penitentes pasamos a ser protagonistas de la fiesta.

El carnaval inundaba las calles y no faltaba quienes vendieran chucherías, bebidas frescas y distintivos de colores a los que protagonizábamos las marchas. Los carteles se adecuaban de manera genérica a todas las protestas.

Esto duró poco porque las organizaciones de izquierdas nos dimos cuenta de que protestábamos igual que los diestros y que nuestras marchas, desde que se sumaron los músicos y artistas, hacían competencia a las procesiones religiosas. Salvo por el tono, en nuestra vertiente más carnavalesca, éramos por lo demás muy parecidos. Incluso algunos de ellos llegaron despistados a nuestras marchas con togas y rosarios.

De algún modo, nos habíamos incorporado al ciclo del calendario anual de festejos. Y era absurdo festejar como logro lo que no se había logrado.

Esta manera de presentarnos se extinguió porque habíamos perdido el mensaje. Pedimos el retiro lento, para no ofender, de artistas y músicos de calle. Y volvimos a ser un grupo de cabizbajos fumadores de hachís en marchas olorosas en las puertas de los bancos, de los bancos que nos habían despojado.

A mí, este aspecto no me iba mucho. Entre alergias y otras intolerancias el marchar cabizbajo no me molestaba, pero el humo de los fumadores me hacía daño. Y dejé de acompañar a los reclamos por desahucios debido a razones de salud. Alguien me comentó que tomaban decisiones drásticas y que se iban suicidando.

Volví con irremediable destino de izquierda a ciertos foros un poco más intelectuales, de menos marcha callejera. Me costaba muchísimo entender los disensos, que si nos vestíamos de verde, que si nos vestíamos de lila, que si el amarillo era sectario, que si el horario de invierno era más provechoso que el de verano.

Ya nadie hablaba de cambios profundos y perdimos la oportunidad de crear un marco legal para frenar el abuso de poder, el tráfico de personas y salvar las barcas que provenían de África y deambulaban por el Mediterráneo.

Las redes sociales reventaban de polémicas, muchas de ellas inventadas. La televisión hacía lo mismo, repetía las discusiones de las redes y con suerte hablaba de sí misma en largas mesas de debates y especialistas.

A veces, en marchas en pro o en contra, veía a muchos conocidos de mi época diestra en el bando contrario. Nos saludábamos de lejos. Eso sí, nunca volvimos a coincidir en la vida cotidiana. Es más, tampoco las personas que se manifestaban en el mundo zurdo hablaban de cosas de la vida cotidiana. Toda la fuerza y empeño se quedaba en las consignas, en los gritos de eslóganes.

Pasarme al mundo zurdo cuando ya tenía una edad creo que fue una desventaja, porque si bien me confundió la calurosa recepción, tardé poco en darme cuenta de que al manejo de la izquierda iba a tener que crearlo en solitario. Al mismo tiempo, mis amigos diestros casi no hablaban conmigo, por eso de estar en un bando y no en otro.

Y cuando me di cuenta, estaba de regreso en los grupos de adoctrinamiento para creyentes, aunque los discutidores eran de bandos internos que se acusaban de liberales o totalitarios. Nadie resolvía los problemas serios de la población y con suerte lo «progre» era el diálogo ante situaciones de evidente tensión. Eso sí, las discusiones eran lo cotidiano.

Fue entonces cuando grupos, hasta entonces aislados a la derecha de la derecha, crecían y se iban saludando entre ellos. Un día se concentraron en las plazas y asustaron en oleadas por su intransigencia y sus reclamos apabullantes. Gritaban consignas deseosas de la edad de piedra que ofendían hasta a sus propios militantes. Muchos de ellos eran despojados que no habían encontrado sitio en otras expresiones o vivían en pueblos tan pequeños y alejados que su necesidad de reunión fue absorbida por las insignias a la derecha de la derecha. Se hicieron oír a través de ese eco.

Muchos daban miedo por su capacidad de exclusión y su maniqueísmo: con ellos o contra ellos. Se fue pasando del cacareo como episteme al escupitajo como identidad y enseña patria. Así, se fue disolviendo toda capacidad de discernimiento. Incluso un país austral acopió el ideario y llevó a la presidencia a un enano con peluquín y pies de niño, sin partido pero con dogmas, que amenazaba un día y otro con mearlos.

En mis reuniones de zurdos, todo seguía siendo discutible. La verdad es que intelectualmente uno tenía más oportunidades porque la gimnasia neuronal ayudaba de manera asombrosa al mantenimiento de la microbiota.

Para mí era difícil porque mi brazo derecho había quedado casi inhabilitado, apenas me servía para cargar una llave, pero no podía abrir la puerta. Automóvil no tenía, se había quedado en mi época diestra. Creo que se entiende, lo iba perdiendo todo.

Sin embargo, mi brazo izquierdo había avanzado en el manejo de una cantidad enorme de tareas, que pese a ser inútiles para el modelo vigente, daban una gratificación permanente. Poco a poco y casi sin proponerlo algunas de ellas empezaron a ser rentables. Tales como crear poesía, pintar un cuadro o reflexiones sobre libros que ya nadie leía. Todas actividades que hasta entonces se habían considerado inútiles.

Muy pocos recordábamos que no tener qué comer era más importante que quejarnos porque la pizza había llegado fría, que no tener agua potable era más relevante que no poder llenar una piscina. Y si bien no todos entendían el fundamento, el fondo y su trasfondo, se hablaba de manera más plural.

Se hablaba de mucho pero no de lo importante. La retórica se había perdido en los discursos, sobre todo políticos. Todos habían dejado de volar y la vida se tornó rasante.

Los argumentos habían desaparecido y los discursos más iluminados eran descripciones de lo que estábamos viendo. Mientras, los jóvenes tecleaban en teléfonos cada vez más grandes por bares, plazas, estaciones de autobuses y aeropuertos, reclamando descuentos a las compañías de comunicaciones para seguir tecleando. La realidad había desaparecido de sus vidas y se la gestionaban sus padres en la medida de lo posible y de lo imposible.

Los banqueros llenaban sus huchas en las tierras ricas y en las desafortunadas. Y si tenían pérdidas se las reponíamos entre todos, incluso sin enterarnos. Contribuían el repartidor a domicilio con su bicicleta de velocidades, las iglesias con sus fábricas de preservativos, los influyentes con sus capas de ignorancia, los baldes de plástico para cargar agua en tierras desérticas, los niños que inhalaban pegamento, las jeringas de los yonquis y las naranjas fuera de temporada.

Incluso los artistas que luego de sus actividades de calle y protesta regresaban a casa en sus vehículos particulares a encender sus calefacciones a gas, los mendigos que consumían la bebida donada por las multinacionales que les proveían las organizaciones de iniciativa social. Todos contribuíamos a que los ciclos de consumo nos permitieran ver los amaneceres y sentirnos ovejas de un mismo rebaño.

En lo que iba del siglo no habían sucedido grandes cosas. Lo que sucedía era lo que las cosas habían hecho de nosotros.

A mí, el codo derecho me duele mucho y con este destino siniestro no puedo enderezarlo.

AUSENCIAS

El que controla el pasado... controla también el futuro.
El que controla el presente, controla el pasado.

1984, George Orwell

El día viernes 29 de febrero de 2060, cuando las redes de palomas mensajeras cayeron en colapso mundial, fue terrible.

La gente que guardaba toda su vida en los lucidos y lúcidos palomares se quedó vacía, completamente vacía. Y sin expectativas. En esos tiempos ya se vivía poco, pero se acumulaba muchísima documentación gráfica que superaba ampliamente a lo experimentado. Incluso había registros de lo que no se había hecho y de eventos que nunca sucedieron en la realidad.

Las personas habían aprendido a no recordar nada, para eso tenían sus cacharritos, la nube como caja fuerte y dentro todos sus tesoros.

Eso sí, todos poseían estrategias insólitas de búsqueda informativa. Lamentablemente, solo sabían aplicarlas a la red que organizaba y almacenaba todas las cosas en palomares lejanos sometidos a estrictas leyes de preservación. Incluso iglesias remotas se habían recuperado y convertido en palomares.

Las personas tampoco hablaban entre ellas porque ya no era necesario. Las aplicaciones lo resolvían todo. No podían hablar *in praesentia*, copulaban y discutían a través de las pantallas y dispositivos que las palomas trasladaban de un sitio a otro. Hablaban muchas lenguas, pero tenían poco para decir.

La reproducción tuvo que realizarse por algoritmos sedentarios en probetas de laboratorios y la población fue menguando.

La mecanización los había fagocitado y no concebían la falta de respuesta. Cuando quisieron establecer alguna acción conjunta en referencia a la falta de vuelo y darse cuenta de que las redes habían colapsado, los individuos no se encontraron porque se habían transformado en sus propios datos. Y, como se sabe, muchos de ellos eran falsos.

POR LAS PAREDES

Todo empezó con un tatuaje, hasta que a la gente se le dio por pegarse a las paredes y reemplazar a los grafitis.

Hasta la segunda década del nuevo siglo las personas iban totalmente vestidas. No se sabe con certeza si era pura moda o si bien algunas tendencias espirituales habían fomentado andar tapados de la cabeza a los pies o de los pies a la cabeza.

Lo que había traído esta costumbre era una tendencia al resurgimiento de la Edad Media. Los semiólogos del siglo anterior, como Umberto Eco, lo habían advertido en alguno de sus ensayos acerca de la medievalidad de las nuevas tecnologías y sus redes, pero ya pocos leían textos con cierta longitud o profundidad.

La primera manifestación se había evidenciado en las playas de Virginia en la costa este. Allí habían surgido los grupos que empezaron a bañarse vestidos en las playas, más que vestidos iban todos cubiertos y parecían sacos oscuros flotando en el agua en vez de desenfadados bañistas.

Los medios de comunicación lo interpretaron como conductas grupales propias de una tendencia puritana que resurgía de tanto en tanto.

Se trataba de una tendencia excesiva y reactiva. En este caso, era una reacción contra otros jóvenes que habían iniciado la moda de transitar las calles de Florida con el torso desnudo mostrando músculos, tabletas y muy depilados.

El puritanismo reaccionó inmediatamente con la cara opuesta y decidieron taparse. Ser medievales fue la novedad. Los jóvenes obedecían con un sometimiento extraordinario, como si buscaran ser absorbidos por cualquier tendencia represiva. En esos tiempos nadie quería ser libre. La esclavitud era la nueva ola.

Al mismo tiempo, esto quebró las mafias ilegales porque cualquiera podía esclavizar y hasta fue visto como una actividad de emprendimiento. Los nuevos emprendedores esclavizaban y todo el mundo estaba contento. De estar en el paro, habían pasado a trabajar gratis y convertirse en sacrificados felices.

Algunos sindicatos de trabajadores luchaban por liberarlos de cargas laborales injustas, pero los jóvenes de ese tiempo acabaron con ellos. El goce ya no consistía en trabajar tantas horas por un salario digno o indigno sino en hacer realmente mal el trabajo. Consistía en cumplir con lo mínimo y luego interactuar con los aparatos y la gratificación era suficiente.

Ya estaban acostumbrados a viajar de manera miserable. Lo que facilitó muchísimo el tráfico. Asintieron sin ninguna resistencia. No se percibía el miedo o el peligro porque todo el mundo estaba dispuesto a ser sometido y lo disfrutaba.

Andaban todos tapados y un día la moda trajo las capuchas y el negro. Todos vistieron de negro. El problema fue para los vendedores de colores, que poco a poco fueron desapareciendo. Y un día estuvieron también extinguidos.

Felices, tapados y buscando a quien pudiera esclavizarlos.

Hasta que a alguien se le ocurrió hacerse un tatuaje en el antebrazo y mostrarlo. No se sabe si fue chico o chica. Lo que sí, es que fue exhibido. Sí, exhibido. Algunos dicen que era una flor con su pájaro, otros que era la figura de un dragón tirando un escupitajo de fuego. En el dibujo había henna negra pero también sepia casi roja.

La proliferación fue casi inmediata. Aparecieron dibujos de escorpiones y mariposas en algunos tobillos, alfas y omegas en los cuellos y hasta algún ojo dentro de un triángulo en una nuca.

Transcurrido muy poco tiempo ya se exhibían escenas completas en brazos y piernas. Algunas eran difíciles de interpretar, sobre todo porque mezclaban iconografía maya con rasgos egipcios y mitología sajona.

Sin sustento cultural e histórico y sin el sincretismo propio de algún contacto, las interpretaciones eran perturbadas. Todo resultaba críptico y la mayoría eran actos de mostración individuales.

La novedad tuvo lugar cuando la gente empezó a inscribirse en las paredes. De brazos y piernas pasaron a espaldas, pechos, vientres y nalgas tatuadas que se exhibían en los propios cuerpos contra las paredes.

El movimiento se inició de manera sincrónica en todas las ciudades, centro y periferia. Con el tiempo, cada vez más espectadores asistieron a contemplar a los tatuados.

La iconografía inicial de híbridos ilegibles fue evolucionando en pictogramas de discursividad amplia y estética innovadora. Por fin pertenecían a los tiempos en que se desplegaban. Mucha gente pudo encontrarse en esas leyendas que con sus claroscuros definieron el tiempo y la cotidianeidad de manera iluminada.

No había en sí un profeta. Nadie salvaba a nadie. Los tatuajes habían liberado el arte, la belleza, la ciencia y podían apreciarse en las paredes cuando acudían los protagonistas.

Otro momento importante, y el más crucial, fue cuando los cuerpos tatuados al completo se conjuntaban entre sí y eran legibles mensajes articulados entre varios protagonistas. Lo interesante era que no obedecían a ninguna organización previa sino a la coincidencia y participación espontánea. En ello residía su grandeza, porque la articulación espontánea daba lugar a un mensaje necesario.

Cuando el poder cayó en cuenta, era imposible controlar todas las paredes porque hasta las asociaciones vecinales fomentaban el acercamiento y pegativa de los tatuados a sus fachadas y contrafachadas.

Los constructores quedaron absolutamente desconcertados por no haber previsto el nuevo negocio en las paredes.

En el cambio, hubo personas que se tatuaban el cuerpo con una letra completa, o una sílaba.

La transformación real aconteció cuando en la conjunción de las coincidencias los mensajes eran claros. Los más sociales hacían grupos y armaban palabras durante horas en los paredones amplios, que si bien eran los más alejados también eran los más concurridos.

Las túnicas negras fueron abandonadas por la rigurosidad de los tatuajes y se habla de reciclarlas para alguna necesidad solidaria.

Acabo de pintarme un tatuaje de cuerpo completo. Esta noche emprenderé lo difícil: buscar una pared donde estamparme y coincidir con otros en el mensaje.

LA IRA

Nos gustaba dar muestras de afecto en público, aunque la nuestra era una manifestación algo díscola. Éramos una pareja en toda ley tal como dios mandaba.

Nos gustaba provocarnos, buena o malamente, hacer juegos de manos que muchas veces pasaban de los abrazos a los forcejeos. Con el tiempo fuimos incrementando nuestra pericia y con ello, los hematomas.

Cierta vez, mientras anochecía, se nos dio por sobarnos en la misma esquina donde antes había un cine de barrio. Fuimos subiendo de tono y pasamos de las caricias a las cachetadas y de las cachetadas a las trompadas. Hasta que uno de nosotros acabó en el suelo y el otro, literalmente, le daba patadas por todo el cuerpo y a ratos en la cara.

Entonces, un vecino que pasaba intervino para frenar el encuentro y ayudar al más débil sin entender la contienda. ¡Pobre infeliz! Cuando el que iba perdiendo pudo levantarse, hubo un *impasse*. Luego, la emprendimos al unísono contra el transeúnte, a insultos y escupitajos para que no se metiera en lo que no era su asunto. Nada era comparable a nuestra pasión por los puños.

Estas anécdotas se sucedieron de modo lúdico, pero casi siempre en barrios lejanos por donde solíamos ir de paseo.

Ayer salimos en los telediarios y luego en los periódicos.

Empezamos como siempre con cariño y luego nos encendimos hasta que se nos fue de las manos. Un golpe certero y de alta intensidad en la sien izquierda acabó conmigo en el acto. El otro, subió a la terraza del edificio y se precipitó al vacío desde el piso veinticuatro. ¡Enhorabuena que las ciudades presentan estas ventajas de alturas!

Las pruebas de estupefacientes fueron negativas. Tampoco, obviamente, constaba ninguna denuncia previa por maltratos.

EL ACECHO

La primera vez que soñé con jabalíes fue en un viaje en autobús a Cartagena desde la ciudad de Murcia.

Fue un sueño intempestivo, esos de cabeceos que sorprenden por su fuerza. Llevaba días de atraso en el sueño, exceso de vigilia y fue casi un corte espasmódico.

Iba con un grupo de cazadores. Yo, que jamás en mi vida había matado con certeza y puntería una araña. Soy de ese tipo de persona blandita que pone el insecto en la palma de la mano y busca la cercanía de la tela de la que se ha caído. Doy risa, ya lo sé.

También debo aclarar que la envergadura de los animales con los que me he topado siempre fue minúscula. Mi vocación de salvar bichos no es de índole ecologista sino de aprehensivo cobarde.

En el sueño nos adentrábamos en el bosque en búsqueda de las madrigueras para cazar jabatos. Me extrañaba llevar un arma cargada al hombro y tener la certeza absoluta de saber disparar si la ocasión lo requería.

Me despertó el frenazo del autobús frente a un semáforo, casi a la entrada de la rotonda que precedía el ingreso a la terminal de autobuses de Cartagena. Tomé mi maletín y descendí del bus para emprender mi jornada de docente. Todo el día me estuvo picando dentro eso de formar parte de un colectivo de cazadores.

La segunda vez que entré en el mismo sueño no recuerdo dónde sucedió, pero sí lo intenso de la experiencia. Entrábamos a lo profundo del bosque y solo se oía el chasquido de nuestras botas en la hojarasca ante el aparente inmóvil testimonio de los árboles. Dábamos con una pequeña manada y emprendíamos contra ella. Obteníamos más de tres presas enormes. Hasta creo que nos habíamos cargado al líder. El sueño se apagó porque mi miedo a ser perseguido por el resto de la manada llegó a la vigilia. Creo que estaba durmiendo en mi cama.

Así, se fueron sucediendo las escenas de caza en diferentes tiempos y a medida que ocurrían fue incrementando mi conocimiento sobre la cacería y las armas.

Y tanto que durante la vigilia empecé a frecuentar sitios hasta entonces insólitos para mi personalidad. Pasé a contemplar en los escaparates de armerías, elementos y ropa de caza que solía vestir en los sueños.

Nunca estuve alerta. Se dio de manera natural y como efecto de alguna recóndita causa. Me fui acostumbrando a las excursiones oníricas y llegué a necesitarlas.

Lo que me sorprendió fue una noticia en la radio que hablaba de la incursión de jabalíes en la ciudad. Al parecer eran esporádicas, llamaban la atención sin llegar a ser exóticas. Incluso el periódico local publicó una foto de un jabato deambulando por una de las calles de la ciudad tomada por las cámaras de seguridad ciudadana.

Poco más se dijo. Los jabalíes empezaron a realizar excursiones nocturnas, husmeaban por algunos rincones. Durante el día no se avistaba ninguno.

En uno de los sueños yo mismo acabé con un par de animales. Durante la vigilia un día cambié de ruta para mirar el escaparate de una armería. Y no sé en qué momento compré el arma. En el sueño tuve el placer de estrenarla.

Hoy, la pesadilla ha inundado el tiempo y su melaza lo pringa todo.

El primer jabalí que se atrevió con un humano merodeaba el límite de Ciudad Ajena. Se trataba de un decorador de interiores propietario de una tienda que regresó a su casa a altas horas de la noche.

Confieso que no me sorprendió el suceso. Lo que me desconcertó fue reconocer a la víctima de la foto expuesta en las redes, televisión y periódicos. Era uno de mi grupo de cazadores del sueño.

FRACTALES

Llegan como jirones desprendidos del sueño.
Pero los reconozco: no se han roto los inasibles vínculos.

Olga Orozco

Amaba a Elvira, amaba a Elvira desaforadamente. Desde que la vi por primera vez tuve una certeza de esas que se clavan de manera espinada, de esas que asaltan desde adentro con una voz pequeñita.

Y la certeza de que debía estar en mi vida fue creciendo sin dejar de sorprenderme, lo confieso. Y empezó nuestra historia.

Pese a que mi certeza se convertiría en convicción en poco tiempo, había algo que en nuestra realidad no encajaba sino a ratos esporádicos. Ella no era mi media naranja pese a mi certeza. Iba a su aire.

Yo soñaba, planeaba, pero debía pilotar demasiado. Las más de las veces me agotaba muchísimo pilotando un simple plan de vida cotidiana como comer en la misma mesa, en el mismo horario, compartir la comida.

Sé que parecerá idiota. En nuestro matrimonio coincidir en esto era un logro cuántico.

Nunca desistí. Eso no dice nada bueno de mí. Elvira era mi certeza, mi convicción de habitar el mundo.

De este modo, nuestra historia fue como un destino autoimpuesto por el simple reconocimiento del tono de esa voz que nos habla desde adentro y que obedecemos pese a toda evidencia.

Así transcurrió todo. Me aplastó un destino que me había empecinado en nombrar como «nuestro» pese a que la realidad me lo rebatía un día y otro.

A veces, creo que tengo pocas luces, demasiado sentimiento y un empeño de acero que no es más que la muestra de mi necedad. Por eso continué en mi certeza. Amaba a Elvira, amaba a Elvira pese a ella misma, amaba a Elvira pese a ella misma y trataba de moldearla a mi ideal. Fue una tarea deseable pero imposible.

No me lo reprocho porque forma parte de las contradicciones que cada uno de nosotros carga. El amor es una lucha, a veces de semejanzas y se hace dura. Otras veces la lucha de contrarios culmina siendo complementaria. Creo que esta sinrazón fue la que nos mantuvo en unión tantos años.

No hubo hijos porque no llegaron. A los parientes los fuimos alejando mutuamente. Yo, en realidad, no había aportado familiares, pues se me habían desgranado antes tibiamente por el camino y un día no quedaban ni sombras. Elvira mantenía contacto con los suyos fuera de mi entendimiento porque cuando comprendí que no contribuían a engrandecerla, los descarté sin más.

La verdad es que a ella le di pocas explicaciones, casi ninguna y lo entendió a la perfección. Ese era uno de los grandes méritos de Elvira, no tenía obligación de explicarle casi nada. No se enteraba, pero tenía el arte de no molestar. Y esto era de un nivel con ganancias sin medidas.

Elvira dejó este mundo hace ya más de una década. Dicen que yace en un lugar extraño. Fui un par de veces. Es de acceso remoto y lidiar con transportes inexistentes no es lo mío. Imposible para mis fuerzas físicas y emocionales.

Preferí creer que se había marchado y que un día, de repente, podíamos encontrarnos en una calle de la pequeña ciudad donde habíamos vivido tantos años, no digo felices sino armónicos.

Hoy, de tanto desearlo, ha vuelto a suceder. La vi cruzar una calle peatonal con un vestido largo, azul oscuro con pequeños lunares blancos. No se lo había visto antes. Llevaba una bolsa de tienda de ropa. Camina más lento que la última vez que la vi.

Se me nublaron los ojos de la emoción cuando aprecié sus movimientos tan conocidos. Dobló en una callecita, a escasos metros de mí, mientras buscaba algo en la bolsa. Se está haciendo mayor.

No intenté alcanzarla. Nunca intento alcanzarla, me es suficiente con verla pasar. No quiero importunarla.

Entonces, busco mi cafetería de siempre, me oculto los ojos tras las gafas y pido un café con leche. Con el tiempo, uno aprende a respetar a sus fantasmas.

RETROVISOR

Yo me miro mirar
y mi adentro es mi afuera en esta cárcel.

Piedad Bonett

Siempre quiso ser un ganador y, con esta causa, su vida fue una consecuente lucha en búsqueda de la perfección del juego.

Si bien sus triunfos resultaban, a veces, dudosos, logró un lugar intermitente en un deporte poblado de famosillos.

En su vida se habían sucedido algunos partidos arduos, otros mediocres y varios rutinarios en un periplo de altibajos.

Era un luchador. La carrera ondulatoria había sido producto de una vida afectada por el karma. Esta última era la explicación que más le convencía, porque aceptar que había equivocado la profesión era un asunto durísimo que no estaba en condiciones de asumir a esas alturas.

Más por casualidad que por consecuencia de esfuerzos y resultados, logró calificar para los Juegos en el límite que lo ubicaba en la última oportunidad y decidió asumir el reto como quien se encuentra con un destino grande.

Se preparó como nunca, día a día, con entrenamientos que rejuvenecerían a un muerto. Y resucitó entre sus ambiciones hasta distinguir una y solo una con forma de meta: ser el primero.

Con esta motivación y en estado de gracia fue venciendo en pocas semanas a jugadores que podían ser sus hijos. Los fulminó uno tras otro, hasta que llegó el momento de pelear el podio.

El contrincante era el deportista top, el más famoso pese a no ser el mejor, el que tenía más seguidores en las redes sociales y miles de aplaudidores en las canchas.

A él empezaban a descubrirlo pese a que siempre había estado allí como un papel en el escritorio de un burócrata.

Con más aciertos que derrotas había llegado a la final. ¡A la final! Y aunque en su deporte de pelota se difuminaba entre otros de renombre en titulares de periódicos y etiquetas en las redes, llegaba fresco y con la experiencia necesaria.

Durante el primer tiempo del juego arrasó al contrincante, con una grada pletórica a ratos de silencios y a ratos de aplausos.

En el segundo tiempo, fue arrasado. La fuerza y juventud del contrincante se impuso. La grada también pletórica a ratos de aplausos y a ratos de silencios.

El tercer tiempo fue pura revancha. Ambos dejaron sus vísceras en la pista, metafóricamente hablando. Hubo suerte de empate. La grada pletórica de silencios a ratos y murmuraciones a por mayor.

El cuarto tiempo fue agónico. Ambos sudorosos y agotados calibraban para evitar los yerros. A escasos segundos, cuando la pelota debía mantener una velocidad de flecha y certera marcar el tanto, algo obstruyó su marcha, la rebelde extraviada se bloqueó. Detuvo su vocación de triunfo, se alió con el karma, eligió ser error, traicionar la destreza y pasión del que la lanzaba.

El triunfo fue del otro, del otro como siempre. Fue segundo, segundo como siempre. Y ya no supo qué sucedía. Continuó todos los rituales de buen perdedor, de segundón, de ese que siempre va detrás.

Terminados los homenajes colectivos puso rumbo al ritual individual. Optar entre leer el decálogo de autoayuda o ir de paseo con la pelota del juego. Eligió esto último. Puso la pelota en una bolsa pequeña de supermercado. Salió a las afueras hacia uno de los últimos edificios de la Villa Olímpica. Al acercarse sacó la pelota de la bolsa y la presionó como pidiéndole cuentas.

Cuando llegó al pequeño jardín se lio a pelotazos contra una de las ventanas del edificio. La golpeó impíamente sin soltarla, la reventó a reproches sonoros hasta enronquecerlos. Le reprochó tantos años de engaños, la desnudó en su intención de ilusionarlo y jugarle trampas. La pelota fue despojada a gajos de su piel de caucho dejando contemplar su alma de aire.

No gritaba, no. Rugía como una fiera herida en lo más hondo. El animal surgía entre los límites desbordados de pelota y ventana. La pelota desfallecía y la ventana, una vez arrancada la pintura de los postigos por los golpes se abría en astillas y desnudaba su intimidad de madera.

Desnudar la pelota y la ventana fue el prólogo.

Ultimada la pelota, su mano empujó la cara y allí sí que hubo saña. Golpeó, golpeó, golpeó el rostro contra los restos de pelota y de ventana. A punto de derribo su mano en meticulosa furia tuvo la inspiración necesaria para tomar fuerza y arrancarse la cara. Solo entonces pudo detenerse.

El dolor fue seco. Más que dolor era asombro. Cuando tuvo su propio rostro colgando de la mano se dio cuenta de hasta dónde había llegado.

El dolor era tan viejo que no sangraba. Había arrancado su máscara como un jirón, como un gajo de la pelota. Los límites de corte fueron restos fibrosos de piel muerta, su alma de balón, de trozos de piel rebotados aquí y allá en tantas pistas de juego. Le afloraron los trapos del dolor más profundo. La profundidad del desengaño que no tiene fondo en un remolino de acuosa tortura. Se miró sin necesidad de espejo y con certeza de vacío.

Cruzó el límite de la Villa Olímpica dejando atrás el teatro del mundo, su engaño colorido, al decir de Lope, que evoca un cielo azul que no es cielo y tampoco es azul. Y como un gladiador sin fe a quien los dioses habían abandonado, caminó con la máscara colgando de la mano.

Hoy, en una tienda de barrio de objetos de segunda mano, en una vidriera solitaria, en el rincón de los inclasificables del segundo piso, entre las muestras exóticas y desatinadas se exhibe la máscara de un deportista que, según los estudios, mantenía orígenes poco claros. En el rincón de los primitivos sin carbono catorce.

EL VUELO

Hasta entonces se había sentido pasajero pero esta vez iba a ser capitán y piloto de la nave. Más que un plan era una verdad que pujaba y empujaba para salir.

El Simposio de Lingüística había terminado y el trópico era una garganta que devoraba con el peligro que suele traer la intensidad de la belleza. Sudaba en la calle y tiritaba en el cuarto de hotel por el frío del aire acondicionado, ahogándose en los contrastes con los que los hombres resolvían las trivialidades de la vida cotidiana.

Se duchó y aparcó las dudas junto con la lingüística del Caro y Cuervo y los grandes aportes a los estudios textuales que acababa de realizar. Miró por la ventana el cielo gomoso y gris del tropical andino mientras se vestía de riguroso deportivo. Se ató las zapatillas con disciplina de saltador en largo.

Nada iba a detenerlo. Nada. El aire de libertad le soplaba tras las orejas. Tal vez eran los nervios de la decisión tomada. La emoción del viaje. Un aire fresco tras las orejas en el anticipo de un día infernal como todos los días en ese clima sin estaciones.

Atrás quedarían las medias tintas y las tintas completas. Los médicos que no escuchan y firman sus fármacos, la familia que no escucha y aconseja, los amigos que hablan de sus cosas, los hijos que ni miran. Todo quedaría atrás. La vida se había reducido a lugares que no lo alojaban.

Se puso el reloj de correa amarilla que tanto amaba y era la compañía más hermosa de los últimos veinticinco años.

Terminó el ritual de la vestimenta casual e higiénica y abrió de par en par las puertas del balcón. Dejó los anteojos en el pequeño escritorio pegado a la pared del cuarto de hotel.

Y respiró un aire irrespirable de cielo cerrado que lo abrazaba en vuelo mientras se lanzaba desde el piso 42 del Hyatt Hotel de Bogotá, cerca de la carrera Cuarta.

SED DE REBAÑO

Entre las muchas maneras de combatir la nada, una de las mejores es sacar fotografías...

Julio Cortázar

Madrid, seis y cinco de la mañana. El metro casi vacío arrancó su primer viaje. Un hombre aferrado a un pasamanos posa para su teléfono inteligente de saldo.

Dispara un clic a la mitad del rostro y al fondo el vagón solitario como paisaje. Una pregunta, enmarca la foto y al *Facebook* vía *Instagram* con la etiqueta «#ViajeMatutino».

Amanece y no ha dormido. Busca un lugar para el descanso. Postureo, posteo, dos clics y al hiperespacio. Más de cien mil seguidores, un influyente, es lo que tiene la esclavitud de servir a los adeptos con una variedad de imágenes diarias.

Había vivido y gastado la noche intempestivamente. Sirvió copas en el Dragonte hasta pasadas las dos de la madrugada. Entre risas que apuntaban atentas, un cliente le pasó el número de móvil con el billete del trago. No dudó ni un segundo porque esta vida se bebe a chorros. Y lo llamó apenas estuvo libre, luego de enviar el retrato con la etiqueta «#ConocerGente» a la red.

No hablaron ni se dieron más datos que los visuales de la barra del bar. Se morrearon sin prolegómenos en el pasillo oscuro que conducía al desván de las botellas y utilería del pub hasta llegar al cuarto oscuro. La felación fue artesanal y sabia. Se corrió sin miramientos. Se despidieron como cuates, lo etiquetó y envió un «#DebutDespedida».

Imposible pagar un taxi hasta las afueras. Menos dinero vale un sueño en la sauna, pensó etiquetando «#AventuraUrbana». Al final no eligió el sueño sino hilar un escarceo con una pareja de marines yanquis hasta la hora del primer transporte público.

Y tomó Fuencarral camino al metro. Estaba exhausto. Subió foto con la etiqueta «#AuroraUrbana».

Un hombre y tanta demanda de imágenes sobre los hombros. Se acomodó la barba, ajustó las gafas a la nariz. Descendió del metro y emprendió el camino de salida.

Intrépido llegó al garaje en las afueras donde vivía de prestado por un tiempo. Foto de una maceta con flores etiqueta «#RegresoHogar».

Posó entre los almohadones de la minúscula cama que albergaba su voluminoso cuerpo. Clic, clic, postureo, posteo «#DivaLatina». Exhausto, pero sin privar de imágenes al deseo sin fin de los seguidores.

TODAVÍA

Añoraba mi tierra... Mi tierra era esta casa deshabitada... Mi tierra era una habitación repleta de libros al fondo de esta casa...

Colm Tóibín

Desesperado abrió la puerta donde solían estar ellos. No los encontró. El café olía a tabaco y a hierro.

El día extendía sus horas con longitud de espera. El adelanto de la hora no acompañaba, había oscuridad en la mañana y exceso de luz por la tarde. Un vecino daba martillazos en la pared desde las cuatro de la mañana. La falta de límites cerraba el sentido de colmena.

Cuando pase todo esto, pensó mientras cerraba la puerta, tal vez regresen y estén esperando en otro momento, en un pasillo paralelo de eso que se denomina tiempo. Ya no lloraba cuando no coincidían. El encierro promovido por la peste le había incrementado la búsqueda.

Tuvo que ser. Y fue sin saber cuándo. Miró por la ventana. Ciudad Ajena era una foto fija, hacía días que el tiempo no transcurría. Congelada daba asilo al dolor y cada día crecía en su indiferencia. Unos pájaros conversaban en los cables del tendido de la luz. Una familia de patos cruzaba la calle con paso borracho.

Se sirvió más café, que olía a tabaco, aunque hacía décadas que no fumaba. Se acomodó el jersey y la camisa. Cruzó el pasillo y volvió a abrir la puerta precedido por la búsqueda.

Los sorprendió y lo miraron como entonces levantando los ojos del libro, dejando el chop chop del cuchillo sobre las zanahorias y la música de radio al fondo. Fue otra vez un adolescente al que su madre le acomodaba al jersey y la camisa.

No había transcurrido ni un día de su vida en que no los añorara en los últimos ochenta años.

Y se hundió en la escena atravesando pasadizos invisibles que día a día le ayudaban a resistir entre sus propias ruinas.

ÍNDICE

Esta edición de *Ciudad ajena* de María del Carmen Herrera
terminó de imprimirse el 15 de abril de 2024, día
en el que se conmemora el nacimiento
de Benjamin Zephaniah.